LA NOUVELLE

THÉORIE COSMOGONIQUE

DE M. FAYE

par JEAN D'ESTIENNE

Extrait de la *Revue des questions scientifiques*, janvier 1885.

BRUXELLES

ALFRED VROMANT, IMPRIMEUR-ÉDITEUR

3, RUE DE LA CHAPELLE, 3

—

1885

LA NOUVELLE

THÉORIE COSMOGONIQUE

LA NOUVELLE

THÉORIE COSMOGONIQUE

 DE M. FAYE

par JEAN D'ESTIENNE

Extrait de la *Revue des questions scientifiques*, janvier 1885.

BRUXELLES

ALFRED VROMANT, IMPRIMEUR-ÉDITEUR

3, RUE DE LA CHAPELLE, 3

—

1885

LA NOUVELLE

THÉORIE COSMOGONIQUE

DE M. FAYE

Au temps où Laplace publiait dans son *Exposition du système du monde*, la célèbre théorie cosmogonique qui porte son nom, on ne connaissait ni l'existence de la planète Neptune et de son satellite, ni la direction du mouvement des satellites d'Uranus. Le grand géomètre, partant de ce fait que, de Mercure à Saturne, toutes les planètes accomplissent leur mouvement de rotation dans le même sens que leur mouvement de translation, et que leurs satellites évoluent dans ce même sens autour d'elles, en avait conclu que c'était là une loi générale et absolue. D'après lui, le calcul des probabilités démontrait que, si l'on venait à découvrir, quelque part dans notre système solaire, un nouveau satellite ou une nouvelle planète, il y aurait des milliers de milliards à parier contre un que la circulation de ce satellite ou la rotation de cette planète serait *directe*, comme toutes les autres, — « ce qui forme, disait-il d'ailleurs, une probabilité très supérieure à celle des événements historiques sur lesquels on ne se permet aucun doute (1). »

(1) Introduction à la Théorie des probabilités, p. LXXII.

Hélas, ici comme en plusieurs autres cas, ce fut le *un* qui eut raison contre les milliers de milliards.

L'observation ultérieure des satellites d'Uranus permit de constater que ces astres évoluent autour de leur planète en sens inverse de la translation de celle-ci, qui elle-même exécute son mouvement de rotation dans le même sens que ses satellites. Ce fait renversait la prétendue certitude invoquée par Laplace. Du même coup il ébranlait singulièrement sa théorie cosmogonique, fondée tout entière sur l'hypothèse d'une immense atmosphère solaire tournant tout d'une pièce avec son noyau central, et aux dépens de laquelle se serait formé successivement le petit monde de chaque planète, à commencer par les plus extérieures. Dans cette théorie, en effet, toutes les planètes se seraient formées de la même manière ; par suite, toutes leurs rotations et toutes les révolutions de leurs satellites devraient s'opérer dans le même sens. Tout mouvement *rétrograde*, formant une exception à cette uniformité obligatoire, forme par cela même une objection péremptoire contre la théorie.

Cette objection devint beaucoup plus forte encore après la découverte de Neptune et de son satellite ; car le mouvement de celui-ci est, si l'on peut ainsi parler, bien *plus rétrograde* encore que celui des satellites d'Uranus.

Pour bien comprendre cette étrange proposition, et pour nous représenter exactement les divers mouvements giratoires de notre système solaire, il sera bon d'introduire ici la notion de ce qu'on appelle les *axes* de ces mouvements.

Quand un point mobile (comme, par exemple, le centre de gravité d'une planète ou d'un satellite, ou encore un point de la surface d'une planète qui tourne sur elle-même) parcourt dans un plan une courbe fermée (circulaire, elliptique, ou de toute autre forme), on peut toujours supposer qu'un spectateur, placé perpendiculairement à ce plan, les pieds à l'intérieur de la courbe fermée, voit le mouvement s'opérer *droite à gauche*, car, dans le cas contraire, il suffirait de renverser la position de ce spectateur, de porter sa tête de l'autre côté du plan, pour qu'aussitôt il voie les déplacements s'exécuter dans ce plan dans le sens indiqué. Cela posé, la droite qui, *partant* alors des pieds du spectateur, passe par son corps pour s'éloigner perpendiculairement du plan, s'appelle l'*axe* de la révolution du point mobile.

Ainsi, l'axe de la révolution de la Terre autour du Soleil est une droite qui, partant du plan de l'écliptique à l'intérieur de l'orbite terrestre, s'avance vers l'hémisphère *nord* de la sphère étoilée. — C'est vers ce même hémisphère que se prolonge l'axe de la rotation terrestre. Seulement, ce second axe n'est pas parallèle au premier. Les deux axes comprennent entre eux un angle d'un peu plus de 23°; c'est-à-dire que, si d'un point quelconque on fait *partir* deux droites parallèles à ces axes et s'avançant dans le même sens qu'eux, ces deux droites comprendront un angle d'un peu plus de 23°.

En appliquant ces notions aux planètes, on trouve que :

1° Tous les axes de leurs mouvements de révolution autour du Soleil font des angles *aigus* avec celui du mouvement de la Terre dans son orbite. On peut même dire que ces angles sont généralement très aigus ; car, pour les grandes planètes, leurs deux plus grandes valeurs sont 3° 24′ (pour Vénus) et 7° 0′ (pour Mercure) ; et la très grande majorité (169) des 242 petites planètes dont on a calculé les orbites ne donnent que des angles inférieurs à 10°, tandis que l'axe le plus incliné de tous, celui de Pallas, ne donne encore qu'un angle inférieur à 35°.

2° Les axes des rotations du Soleil, de la Lune, et des six planètes jusqu'à Saturne inclusivement font également des angles aigus avec le même axe du mouvement annuel de la Terre. Le plus grand de ces angles (rotation de Vénus) atteint la valeur de 53° ; mais les autres sont beaucoup plus petits. On n'a aucune mesure des rotations des petites planètes. Les satellites de Jupiter et de Saturne paraissent tourner constamment le même hémisphère vers leur planète, comme le fait la Lune par rapport à la Terre ; il s'ensuivrait que les angles de leurs axes sur celui de l'écliptique sont également des angles aigus.

3° Les révolutions de la Lune et des satellites de Mars, de Jupiter et de Saturne s'exécutent autour d'axes qui font aussi des angles aigus avec l'axe de notre orbite. Pour la Lune, cet angle est d'environ 5° ; pour les satellites de Mars, il est d'environ 26°, pour ceux de Jupiter, il dépasse à peine 2°, et pour ceux de Saturne, il reste inférieur à 28°.

4° Mais pour les satellites d'Uranus, il dépasse l'angle droit, et atteint 97° et 98° ; et enfin, le satellite de Neptune, plus exceptionnel encore, fournit un angle obtus de 145°. Quant aux rotations de ces deux grandes planètes sur elles-mêmes, elles n'ont pas été déterminées avec certitude ; mais les faits observés portent à admettre que les axes de ces rotations sont à peu près les mêmes que ceux des révolutions de leurs satellites.

Or, il suffit évidemment de connaître l'angle fait par un axe quelconque avec l'axe de notre orbite, pour décider immédiatement si le mouvement correspondant au premier, projeté sur le plan de l'écliptique, s'opère dans le même sens que celui de la Terre, c'est-à-dire en sens *direct*, ou s'il s'opère en sens opposé, c'est-à-dire *rétrograde*. Il est évident, en effet, qu'à tout angle aigu correspond un mouvement direct, et à tout angle obtus un mouvement rétrograde.

Ainsi donc, contrairement à ce que pensait Laplace et à ce qu'exigeait sa théorie cosmogonique, il y a dans notre système planétaire des mouvements rétrogrades. Les révolutions des satellites d'Uranus et de Neptune en sont des exemples certains, et les rotations de ces deux planètes en sont des exemples probables. La théorie du grand géomètre est donc contredite par les faits découverts après lui.

Un fait d'une autre nature est encore venu l'infirmer.
L'un des satellites de Mars, Phobos, tourne autour de sa
planète en 7^h 39^m, tandis que la planète tourne sur elle-
même en 24^h 37^m. Le premier mouvement est donc angu-
lairement trois fois plus rapide que l'autre ; or, c'est le
contraire qui devrait être vrai, si la théorie de Laplace était
exacte.

I

Un illustre astronome, M. Faye, vient de présenter une
théorie cosmogonique nouvelle ou plutôt rectificative. Le
principe premier est toujours le même : l'univers tirant son
origine de masses nébulaires chaotiques, et notre système
planétaire se formant peu à peu de l'une d'entre elles. Où
la nouvelle théorie se différencie de la précédente, c'est
dans le mode et l'ordre de formation des différentes
pièces.

C'est le 15 mars 1884, à la Sorbonne, dans une conférence faite à l'*Association scientifique de France*, que le
savant Président du bureau des longitudes a, pour la
première fois, exposé cette vue nouvelle. Tout récemment,
il l'a développée dans un livre spécial (1) où il la présente
escortée des principales cosmogonies antérieures, en
commençant par celle de Moïse.

L'erreur de Laplace a consisté d'abord à ne pas établir
de distinction entre la cause qui relie au mouvement de
rotation de la planète la direction du mouvement de
translation de ses satellites autour d'elle d'une part, et de
l'autre la cause analogue mais distincte qui oblige toutes
les planètes à exécuter leur révolution autour du Soleil dans
le même sens, qui est celui de la rotation de l'astre central.

(1) *Sur l'origine du monde. — Théories cosmogoniques des Anciens et d s
Modernes*, par H. Faye, de l'Institut — In-8° de 260 pages 1884. — Paris,
Gauthier-Villars.

De ce que les planètes évoluent dans ce sens, il ne s'ensuit pas nécessairement qu'elles doivent exécuter le mouvement rotatoire dans la même direction, comme l'avait cru Laplace. En second lieu le grand géomètre assimilait la nébuleuse primitive à une atmosphère adhérente à un noyau central dont toutes les couches auraient pesé les unes sur les autres en vertu de l'attraction vers le centre ; alors que, dans un anneau nébuleux, « chaque couche concentrique n'exerce aucune pression sur la suivante, parce que, dans toute évolution suivant les lois de Képler, la force centrifuge équilibre exactement la tendance vers le centre. » D'où il résulte que, dans l'hypothèse d'un anneau nébuleux tournant autour d'un noyau, la vitesse de chaque molécule ne croît pas en raison de la distance au centre, mais décroît au contraire « en raison de la racine carrée de cette même distance (1). » Il s'ensuit que, avec le mode de formation proposé par Laplace, ce ne seraient pas seulement les satellites d'Uranus et de Neptune qui devraient avoir une révolution rétrograde, mais également ceux de toutes les autres planètes. Car, dans l'anneau générateur de chacune d'elles, la vitesse linéaire des molécules extérieures eût été moindre, celle des molécules intérieures plus grande ; d'où il fût résulté, lors de la rupture de cet anneau, un mouvement giratoire en sens inverse de son mouvement de translation. C'est ainsi que les choses se sont passées pour Uranus et Neptune, comme on le verra plus loin. Mais il n'en est pas de même pour les autres planètes.

Il faut donc trouver, à la formation de l'univers, une autre explication que celle qu'en avait donnée Laplace, quelque séduisante qu'elle soit par sa simplicité. Non seulement des faits constatés depuis restent inexpliqués, mais ils paraissent en contradiction avec elle ; et de plus, comme on vient de le voir, quelques-uns des principes sur lesquels elle s'appuie sont erronés.

(1) *Sur l'origine du monde*, p. 190, *in fine*.

Pour déduire sa théorie nouvelle, M. Faye emprunte
quelque chose à l'hypothèse des tourbillons, de Descartes.
Fausse, en tant que s'appliquant à l'état actuel et perma-
nent de notre système planétaire et des autres systèmes
répandus dans l'espace, la théorie des tourbillons, trop
décriée et trop abandonnée à la suite de la révolution opérée
dans la science par le génie de Newton, reste plausible si
on l'applique seulement à l'état initial et originaire de ces
divers systèmes. D'ailleurs, comme le fait remarquer

Fig. 1. — Nébuleuse globulaire d'Hercule.

M. Faye, la science de nos jours n'est-elle pas revenue à
plusieurs des idées cartésiennes ? Qu'est-ce que la féconde
conception de l'éther qui remplit l'espace et propage la
chaleur et la lumière ; qu'est-ce que celle qui ramène ces
phénomènes ainsi que ceux de l'électricité, du magnétisme
etc. à de simples mouvements vibratoires des molécules ou
des atomes, sinon du cartésianisme véritable ? Enfin
n'avons-nous pas, dans le spectacle d'un grand nombre de

nébuleuses que découvre le télescope et que pénètre l'analyse spectrale, un exemple frappant de ces mouvements
tourbillonnants? Que l'on observe la nébuleuse de la Vierge,
cette magnifique série de spires divergeant toutes d'un centre commun; et la nébuleuse des chiens de chasse, cette autre
association de spirales, mais à double centre ; les nébuleuses de Pégase et du Lion, autres masses nébulaires où la

Fig. 2. — Nébuleuse du Lion.

séparation en anneaux de la matière lumineuse commence
à s'accuser si nettement; enfin celle d'Andromède, parvenue
à une forme ellipsoïdale presque régulière et offrant à son
centre une condensation déjà fort accentuée. Les mouvements que révèlent la forme et la disposition de ces objets
sidéraux ne sont-ils pas de véritables mouvements tourbillonnants analogues à ceux qui se forment en petit sur nos
cours d'eau ou dans notre atmosphère à la rencontre de deux
courants de vitesses différentes ou de directions opposées?

Si donc la théorie des tourbillons a été, dans sa génér-a
lité, ruinée par Newton, « il y a dans ses débris, dit
M. Faye (p. 169), d'admirables matériaux dont la science
contemporaine ne saurait se passer. » Au temps où vivait
Descartes on ignorait la loi de la gravitation universelle,
en vertu de laquelle tous les corps pondérables, et jusqu'à
leurs moindres molécules, tendent les uns vers les autres

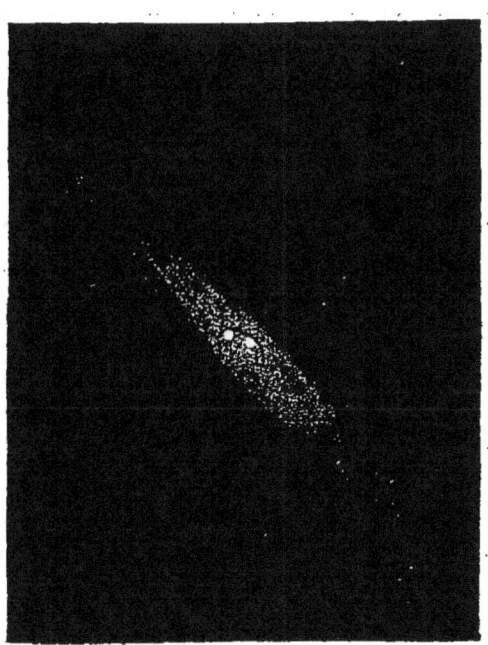

Fig. 3. — Nébuleuse d'Andromède.

en raison directe de leurs masses et en raison inverse
du carré de leurs distances réciproques. De là vient que
le grand philosophe a dû expliquer le mouvement, même
actuel, des astres autour de leurs soleils, par l'existence
d'une matière fluide uniformément répandue partout, et
dont les tourbillonnements auraient entraîné les corps
sidéraux dans leurs mouvements giratoires à la manière

dont un remous dans une rivière, un tourbillon dans un fleuve entrainent les feuilles mortes, les menus morceaux de bois et autres détritus flottant à la surface de l'eau. Par la connaissance de la gravitation universelle, nous savons que, si la matière de notre monde planétaire a pu exister, à un moment donné, à l'état chaotique, c'est-à-dire disséminée en une masse fluide d'une rareté extrême, la seule gravitation mutuelle des particules clairsemées qui la composaient a dû la concentrer vers un ou plusieurs centres, de manière à donner peu à peu naissance à des corps plus ou moins volumineux. On observe dans l'espace, à l'aide des lunettes, un grand nombre de ces brumes gigantesques, faiblement lumineuses, qui sont des chaos, germes d'univers à venir. Nous avons, tout à l'heure, cité quelques-uns de ces embryons de mondes à divers degrés de développement. On pourrait en indiquer d'autres, comme la nébuleuse de la Lyre, où les spires d'un tourbillon se sont régularisées et transformées en anneaux nébuleux concentriques animés d'un mouvement de rotation commun; d'autres encore qui présentent l'avant-dernière phase de cette série de transformations, prêtes à engendrer un ou plusieurs soleils diversement groupés, ou des systèmes d'étoiles extraordinairement compliqués, comme ceux que l'on distingue à travers les constellations du Toucan et du Centaure (Voir, plus loin, fig. 6).

Pour nous en tenir à notre petit système solaire, il s'agit de rechercher comment un mouvement tourbillonnant plus ou moins confus de la nébuleuse originaire aura pu se régulariser de manière à donner naissance à des anneaux circulaires et concentriques, situés à peu de chose près dans un même plan et dont les condensations successives ont abouti, par la suite des temps, aux planètes et aux satellites.

Si nous supposons que cette nébuleuse génératrice, affranchie d'ailleurs de toute action extérieure, avait primitivement la forme sphérique et était homogène en toute

son étendue, ce phénomène s'explique facilement. La mécanique démontre que, dans un pareil ensemble, la pesanteur interne résultant des forces attractives de toutes les
molécules varie en raison directe de la distance au centre.
En vertu des mêmes lois mécaniques, les particules mobiles,
composant ce milieu d'une rareté inimaginable, « décri-

Fig. 4.

vent nécessairement des ellipses ou des cercles autour de
ce centre *dans le même temps*, quelle que soit leur distance
à ce centre. » L'existence d'un système d'anneaux tournant
tous ensemble d'un même et unique mouvement de rotation, avec une même et unique vitesse angulaire, se concilie donc parfaitement avec ce genre de pesanteur. Pour
peu qu'un mouvement tourbillonnant ait préexisté, quelques-unes de ses spires, grâce à la résistance du milieu,

devront peu à peu se transformer d'elles-mêmes en un tel ensemble d'anneaux, et, pendant ce temps, « l'énorme quantité de matériaux qui au sein de la nébuleuse primitive, ne se trouvaient pas engagés dans les anneaux, iront peu à peu se réunir au centre, très lentement d'abord, plus tard très vite ; ils donneront naissance à un globe central, le Soleil, tournant sur lui-même dans le même sens et dans le même plan » que les anneaux. Mais ces anneaux eux-mêmes, par l'effet de l'attraction de leurs particules entre elles, sont dans un état d'équilibre généralement instable ; ils tendent à se briser et à se ramasser chacun en une masse sphérique qui absorbe peu à peu tous les matériaux de l'anneau, et qui se trouve nécessairement animée d'une rotation de même sens. Chaque petite sphère ainsi formée sera le théâtre des mêmes phénomènes que la sphère génératrice : elle se résoudra en anneaux concentriques, puis en un globe central, et ses anneaux se condenseront pareillement en sphères très petites, évoluant autour dudit globe central, leur planète, toujours dans le même sens. Les anneaux de Saturne, qui, eux, par suite sans doute de leur très faible épaisseur et de la rapidité extrême de leur mouvement, ne se sont pas brisés et condensés en sphères, nous donnent un exemple frappant de cette marche des choses.

Jusqu'ici cette théorie nouvelle ne diffère de celle de Laplace qu'en ce que les anneaux se seraient formés à l'intérieur même de la nébuleuse génératrice, sans condensation préalable de celle-ci ; de telle sorte que le noyau central primitif serait résulté des délaissés des anneaux, bien loin de leur avoir donné naissance. Elle n'explique pas encore le mouvement de giration rétrograde des petits mondes d'Uranus et de Neptune.

Nous allons y arriver.

Tant que la nébuleuse primitive de forme sphérique reste homogène en tous ses points, sa décomposition partielle en anneaux circulant autour du centre n'y change rien à la loi de la pesanteur interne : celle-ci s'exerce toujours *en raison directe de la distance* au centre, d'où résulte l'égalité du mouvement angulaire des particules composant les anneaux, et le mouvement de giration direct des globes et systèmes de globes formés à leurs dépens. Mais le partage de la nébuleuse en anneaux concentriques ne se fait pas de telle façon que tous les matériaux qui la composent soient absorbés par ces mêmes anneaux. Les particules, beaucoup plus nombreuses, qui n'entraient pas dans les spires du tourbillon, étant animées de vitesses tangentielles beaucoup moindres, ne parcourent pas des cercles, mais des ellipses plus ou moins allongées. Le centre de toutes ces ellipses est le centre même de la nébuleuse, et elles sont toutes parcourues dans le même espace de temps ; mais les mobiles qui les suivent, en se rapprochant périodiquement du centre dans le voisinage de leurs petits axes, sont exposés à des chocs nombreux, qui changent en chaleur une partie de leur force vive et, par suite, resserrent de plus en plus les ellipses, et amènent une *concentration* progressive, une augmentation continue de la densité et de la chaleur dans le voisinage du centre. C'est ainsi qu'il se forme un noyau, un globe central, aux dépens de toutes les parties qui n'ont pas été entraînées dans les mouvements circulaires des anneaux.

Alors, par l'action de cette masse centrale, la pesanteur suit une loi nouvelle : elle s'exerce désormais sur les mobiles situés au dehors de cette masse en raison inverse du carré de leur distance au centre. En de telles conditions le mode de rotation des anneaux de matière nébulaire change complètement sans pour cela nuire à leur existence. Au lieu de tourner tout d'une pièce avec même vitesse angulaire dans toutes ses parties, l'anneau se meut avec des vitesses plus grandes à l'intérieur qu'à l'extérieur. En effet les particules du bord extérieur sont maintenant moins attirées que celles du cercle médian, lesquelles seront à leur tour moins attirées que celles du bord intérieur. Leurs

BIBLIOTHÈQUE

vitesses décroîtront par suite, et dans un rapport inverse aux racines carrées de leurs distances au centre. Il en résultera que les particules intérieures seront en avance sur celles du milieu, tandis que celles du bord extérieur seront en retard. Par conséquent, lors de la rupture de l'anneau, l'impulsion pour son enroulement en sphère se trouvera dirigée de l'intérieur à l'extérieur, c'est-à-dire dans le sens précisément contraire à celui de la translation autour du globe central. La sphère ainsi formée continuera donc son mouvement de translation dans le sens direct, tandis que sa rotation prendra la direction rétrograde. Une fois ce dernier mouvement établi, il est clair que la petite sphère abandonnant à son tour des anneaux, ceux-ci et les globes qui naîtront d'eux tourneront dans le même sens qu'elle autour de son axe, et par conséquent aussi dans le sens rétrograde.

Il se dégage de là une première conséquence rigoureuse : c'est que, puisque de Mercure à Saturne toutes les planètes tournent sur leur axe dans le sens direct, leurs satellites évoluant dans le même sens, il faut que les anneaux nébulaires dont ces astres sont issus se soient détachés et enroulés en sphères planétaires avant la formation du globe central, alors que les particules composantes exécutaient leur mouvement de révolution autour du centre avec des vitesses croissant proportionnellement à leur distance à ce centre. En d'autres termes, la formation de toutes les planètes comprises, avec Saturne, dans l'orbite de celle-ci, a précédé la formation du Soleil. La Terre est donc plus ancienne que l'astre qui l'éclaire aujourd'hui. Voilà, pour le dire en passant, une confirmation assez inattendue de cette partie du récit de la Genèse qui place la formation de l'astre du jour après celle du globe qui nous porte. On avait jusqu'ici expliqué cette apparente anomalie par des interprétations qui étaient et qui restent fort plausibles et fort légitimes; mais on ne s'attendait pas à ce que le fait matériel de la formation du Soleil après la Terre serait un jour une conséquence nécessaire d'une belle théorie scientifique.

On pressent maintenant, sans doute, l'explication de la

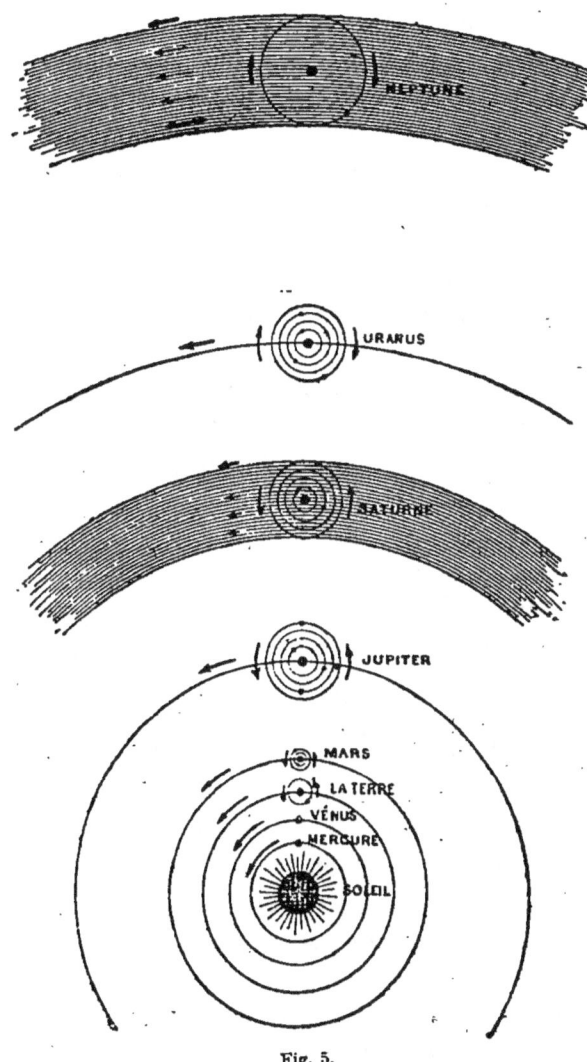

Fig. 5.

rotation rétrograde d'Uranus, de Neptune et de leurs satellites. Les anneaux dont ces mondes lointains sont issus ne se sont détachés, ou du moins ne se sont brisés et enroulés

en globes planétaires, qu'après la formation des planètes
intérieures, et alors que le Soleil était déjà formé, ou assez
avancé dans sa formation pour changer la loi d'attraction
dans la nébuleuse. Alors s'est produite dans les anneaux
cette inégalité de vitesse angulaire dont nous venons de
parler, accélérant le mouvement dans leur zone intérieure,
le ralentissant dans leur zone extérieure, et finalement
amenant, lors de la rupture, une rotation rétrograde. Il
est même possible d'expliquer la différence d'inclinaison
des plans de révolution des satellites des deux planètes
extrêmes. Le monde de Neptune, incliné en arrière de 34
degrés sur le plan de l'orbite de la planète, a vraisembla-
blement pris naissance alors que l'attraction du globe central était dans toute sa prépondérance à cette distance ;
tandis que le monde uranien, presque perpendiculaire au
plan de l'orbite et n'accusant que d'une manière peu sen-
sible la giration rétrograde, a dû naître lorsque la concentration de ce globe commençait seulement à se faire sentir.
Formé plus tôt, il eût incliné l'axe de sa révolution du
même côté que les axes des planètes antérieures ; venu plus
tard, il l'eût incliné franchement du côté opposé, comme
Neptune. On peut dire qu'il représente la transition entre le
mode de formation des planètes intérieures et celui de la
zone planétaire extérieure.

Ainsi, à la différence de la théorie de Laplace :

1º Les planètes auraient pris naissance dans l'intérieur
de la nébuleuse génératrice, du centre à la périphérie, les
plus lointaines étant les dernières venues ;

2º Le Soleil serait de formation plus récente que tous les
petits mondes planétaires qui l'entourent jusqu'à celui de
Saturne inclusivement ;

3º Seules, les planètes extérieures à cette dernière,
auraient une origine conforme à la théorie de Laplace,
d'après laquelle toutes les planètes sans exception devraient
en réalité tourner sur elles-mêmes dans le sens rétrograde.

M. Faye a représenté par des notations algébriques très

simples les lois de cette formation de notre système solaire
supposé à l'état primitif d'un amas sphérique et homogène
de matières raréfiées.

Appelons r la distance d'un point quelconque de la sphère
nébuleuse à son centre, et A une constante, c'est-à-dire ici
une quantité qui ne varie pas avec r. La pesanteur à l'intérieur étant, dans cette sphère homogène, proportionnelle
à la distance au centre, aura pour expression Ar.

Considérons maintenant le globe résultant de la condensation centrale de tout ce qui, dans la nébuleuse primitive,
n'a pas concouru à la formation des planètes et de leurs
satellites. Ce globe, qui n'est autre que le Soleil, représente
les $\frac{699}{700}$ de la masse totale, les anneaux qui se sont détachés
du centre dans le plan équatorial pour former les mondes
planétaires, n'ayant, comme on l'a vu, absorbé que $\frac{1}{700}$ de
cette masse. L'attraction sur tout point extérieur à celle-ci
s'exerce en raison inverse du carré de la distance.
Son expression sera donc $\frac{B}{r^2}$, B étant également une constante. Ar et $\frac{B}{r^2}$ représentent donc les deux états extrêmes
de notre groupe sidéral, 1 à l'état de nébuleuse sphérique
et homogène, 2° à l'état de système planéto-solaire achevé.

Or, pour passer de l'état représenté par la première expression à l'état représenté par la seconde, l'objet sidéral
en question a dû traverser tous les états intermédiaires,
états dans lesquels la quantité A a été toujours en diminuant et la quantité B en augmentant. Les états intermédiaires de la pesanteur entre les deux états extrêmes peuvent être représentés par la somme des deux expressions
$ar + \frac{b}{r^2}$ dans laquelle, à mesure que les siècles s'écoulaient,
a allait en diminuant, partant de la valeur A pour arriver
à zéro, tandis que b augmentait toujours, partant de zéro
pour arriver à B.

La théorie de Laplace n'expliquait pas ou expliquait mal
l'existence et le fonctionnement des comètes. Celle de
M. Faye en donne une explication tout au moins accepta-

ble et plausible. Ces astres errants proviendraient de parcelles de la nébuleuse primitive groupées par de petites condensations locales qui se seraient réalisées plus ou moins loin du centre et auraient échappé à la concentration solaire. Ceux de ces corpuscules qui se seront trouvés les plus éloignés du tourbillonnement partiel, situé sur le plan équatorial, auront formé des comètes à orbites très excentriques et fortement inclinées sur ce plan, les unes dans le sens direct et les autres dans le sens rétrograde, indifféremment. Quant aux comètes provenant de condensations partielles formées à proximité de ce plan, comme elles ont probablement participé dès l'origine au tourbillonnement générateur des planètes, elles devront le plus souvent être elles-mêmes directes. Or, si l'on consulte un catalogue des comètes, on trouve 115 de ces brumes lumineuses dont les orbites sont inclinées sur l'écliptique de 60° à 90° : de celles-là 55 sont directes et 60 rétrogrades, ce qui confirme la première condition prévue. On rencontre aussi 50 comètes voisines de l'écliptique et inclinées seulement de 0° à 20° : 14 sont rétrogrades et 36 sont directes. On voit que, ici encore, les faits apportent une confirmation à la nouvelle théorie.

II

Si elle s'arrêtait à ces explications, la nouvelle cosmogonie ne serait pas complète. Elle n'a pas fait connaître jusqu'ici, au moins explicitement, comment et pourquoi la nébuleuse primitive, cet amas brumeux si extraordinairement raréfié, s'est revêtue d'abord d'une pâle clarté, comment le noyau central est devenu finalement, sous le nom de Soleil, le grand dispensateur de la lumière et de la chaleur dans sa sphère d'action. Enfin il importe de savoir comment notre formation planéto-solaire se rattache à la création de l'univers tout entier.

Hâtons-nous de dire que la théorie de M. Faye n'omet aucune de ces explications, aucun de ces détails, et observons d'abord, ce que personne du reste n'ignore plus aujourd'hui, que le Soleil qui nous chauffe et nous éclaire n'est point une exception dans l'univers : il n'est qu'une petite unité au sein de myriades et de centaines de millions d'unités semblables ou plus importantes. Les étoiles qui scintillent au ciel pendant nos belles nuits sont toutes des soleils : à l'œil nu l'on n'en compte que six mille; mais, avec des télescopes suffisamment puissants, les espaces insondables se montrent partout peuplés, remplis, par une véritable poussière lumineuse dont les innombrables grains sont autant de soleils. Notre voie lactée en contient plusieurs centaines de mille ; mais elle n'est elle-même qu'un modeste amas stellaire auprès d'innombrables autres amas dont beaucoup peuvent être plus considérables encore. On sait aussi que le rapprochement de toutes ces étoiles, de tous ces soleils n'est qu'apparent ; que les distances qui séparent entre elles celles qui semblent les plus voisines, sont représentées par des nombres dont l'imagination s'effraie. C'est par années, siècles et décades de siècles peut-être qu'il faut compter le temps que met à nous parvenir la lumière de ces astres quand elle vient frapper nos yeux ; et nul n'ignore que la vitesse de la lumière est de 75 000 lieues par seconde.

Eh bien, ces soleils innombrables ont tous été, dans l'hypothèse, formés d'une manière analogue (on ne dit pas identique) au nôtre. C'est ici qu'il faut citer les paroles de Descartes, après s'être imaginé transporté dans des espaces tels que l'on y puisse perdre de vue l'univers entier . « Après nous être arrêtés là, dit ce grand génie, en quelque lieu déterminé, supposons que Dieu crée autour de nous tant de matière que, de quelque côté que notre imagination se puisse étendre, elle n'y aperçoive plus aucun lieu qui soit vide. Supposons que, de ces matériaux, les uns commencent à se mouvoir d'un côté, les autres d'un autre, les uns plus

vite, les autres plus lentement, et qu'ils continuent, par
après, leur mouvement suivant les lois ordinaires de la
nature : car Dieu a si merveilleusement établi ces lois,
qu'encore que nous supposions qu'il ne crée rien de plus
que ce que j'ai dit, et même qu'il ne mette en ceci aucun
ordre ni proportion, mais qu'il en compose un chaos le plus
confus et le plus embrouillé que les poètes puissent décrire,
elles sont suffisantes pour faire que les parties de ce chaos
se démêlent elles-mêmes, et se disposent en si bon ordre,
qu'elles auront la forme d'un monde très parfait, et dans
lequel on pourra voir non seulement de la lumière,
mais aussi toutes les autres choses, tant générales
que particulières, qui paraissent dans ce vrai monde (1). »

Maintenant, précisons, avec les données nouvelles que la
science a mises au jour depuis le grand philosophe, la
pensée qu'il exprime avec une si vive intuition des choses.
Supprimons par la pensée ces milliers et ces millions
d'astres, tant ceux que nous voyons ou pouvons voir, que
ceux qui échappent à nos investigations ; puis supposons
la somme de matière qu'ils renferment, autrement dit leur
masse totale, diffusée de manière à occuper tous les points
de l'espace immense au sein duquel ils sont disséminés. Ce
serait une raréfaction incomparablement plus prononcée
que celle de notre système solaire supposé étendu en une
sphère continue et homogène d'un rayon décuple de la distance de Neptune. Le nombre qui exprimerait une telle
étendue échappe à tous nos moyens d'expression et même
de perception ; il n'en est pas moins certain que ce nombre
existe, qu'il est en lui-même tout à fait déterminé et que
conséquemment, quelque colossal qu'il soit, il n'est pas
infini.

Arrivé à ces limites extrêmes, il faut bien reconnaître,
avec Descartes, une intervention supérieure à la nature.
Si, comme le dit excellemment M. Faye dans sa belle

(1) *Discours de la Méthode*, Vᵉ partie.

Introduction, il est dans la raison d'être et le droit de la
science comme dans son esprit de faire reculer l'intervention divine jusqu'à ses dernières limites, il n'en est pas
moins de son devoir, lorsqu'elle est enfin parvenue à ce
terme où les forces naturelles sont épuisées, de s'incliner
devant le souverain Auteur de cette nature et de ces forces.
C'est du reste ce qu'elle a toujours fait par l'organe de ses
plus illustres représentants; et M. Faye, un esprit libre
celui-là, un esprit vraiment dégagé des superstitions pseudo-
scientifiques comme de tout parti-pris de secte, n'a garde
de manquer à cette tradition de la vraie science. Nous ne
saurions résister à la satisfaction de reproduire ici ce
remarquable passage de la fin de son Introduction :

« Nous contemplons, dit le savant astronome, nous
connaissons, au moins dans sa forme immédiatement sai-
sissable, ce monde *qui, lui, ne connaît rien*. Ainsi il y a
autre chose que les objets terrestres, autre chose que notre
propre corps, autre chose que ces astres splendides : *il y a
l'intelligence et la pensée*. Et comme notre intelligence ne
s'est pas faite elle-même, il doit exister dans le monde une
intelligence supérieure dont la nôtre dérive. Dès lors, plus
l'idée qu'on se fera de cette intelligence suprême sera
grande, plus elle approchera de la vérité. Nous ne risquons
pas de nous tromper en la considérant comme l'auteur de
toutes choses, en reportant à elle ces splendeurs des cieux
qui ont éveillé notre pensée, et finalement nous voilà tout
préparés à comprendre et à accepter la formule tradition-
nelle : Dieu, Père tout-puissant, Créateur du ciel et de la
terre. »

Nous en sommes donc arrivés à considérer, à l'origine
de toutes choses, l'univers entier, l'immensité sidérale sans
nulle exception, réduits à un immense amas de matière
diffuse, d'une rareté inimaginable, au sein de l'obscurité,
du froid et de l'immobilité absolus. Ici, une première
question se pose : D'où vient cette matière ? Qui lui a
donné l'être ? Elle n'a pu se le donner à elle-même : *ce*

serait une contradiction dans les termes. Qui l'a créée ? Et comme, d'autre part, en cet état d'immobilité parfaite, elle ne peut pas plus se transformer d'une manière quelconque, se donner une impulsion quelle qu'elle soit, qu'elle n'a pu se créer elle-même, une seconde question se présente immédiatement à la suite de la première : Qui a donné des lois à cette matière informe et vide, à ce chaos gisant au sein des ténèbres ? Qui lui a imprimé l'impulsion première (Pascal eût dit la chiquenaude initiale) par laquelle a été mise en acte, grâce à un magnifique ensemble de lois mécaniques, son organisation en une multitude de mondes ?

A cette double question, une seule réponse rationnelle est possible : c'est celle que, avec Descartes comme avec toute la glorieuse dynastie des vrais savants, nous donne M. Faye. Cette matière vient de Dieu ; les lois qui la régissent, comme l'impulsion initiale qui a mis ces lois en jeu, viennent également de Dieu. Ce point de départ admis, la science humaine n'est pas tenue à davantage. Sa raison d'être et son droit, répétons-le avec l'illustre auteur, sont désormais de rechercher le pourquoi de toutes choses et tous les enchaînements de causes des phénomènes qu'elle constate.

Si donc nous admettons que Dieu ait, par un acte de sa toute-puissance, imprimé le mouvement à la masse chaotique obscure et froide ; qu'il ait, pour nous servir d'une comparaison familière, agité, comme dans un vase, cette immensité fluide entre les parois de l'infini ; aussitôt une multitude de mouvements tourbillonnants naissent au sein du chaos, et la gravitation mutuelle de tous ses éléments provoque une ou plusieurs condensations au sein de chacun de ces tourbillonnements. La masse, uniforme à l'origine, tend ainsi à se subdiviser en une infinité de masses partielles de toute grandeur et de toute forme. C'est de l'une d'elles, arrondie en sphère, que nous avons vu, plus haut, sortir comme d'un véritable œuf cosmique le monde planétaire qui gravite autour de notre soleil.

Mais comment tous ces tourbillons et condensations sont-ils devenus lumineux ? Comment leurs concentrations ont-elles produit ici des foyers de lumière et de chaleur, là des astres opaques qui ne nous envoient qu'une lumière empruntée ? Ces questions ne sont pas sans réponse ; la théorie y pourvoit. C'est ce qui nous reste à exposer. La réponse est appuyée sur les principes féconds de la thermodynamique. On sait que, lorsque la force vive dont un mobile est animé paraît s'être éteinte dans un frottement, un choc, une compression, cette force vive n'est en réalité que transformée sans que la moindre parcelle en ait été anéantie ; elle a pris une forme nouvelle, celle des vibrations moléculaires ou atomiques qui se manifestent à nous par la sensation de chaleur. Nul n'ignore qu'on finit par enflammer deux morceaux de bois sec en les frottant vivement l'un contre l'autre ; que la tête d'un clou enfoncé violemment par un marteau dans un mur ou dans une planche est devenue chaude, et que le marteau lui-même a subi une élévation de température ; qu'enfin une petite colonne d'air vivement comprimée dans un tube s'échauffe au point d'allumer de menus corps facilement combustibles comme des fragments d'étoupe ou d'amadou. L'incandescence subite des étoiles filantes, lorqu'elles viennent à traverser les régions supérieures de notre atmosphère, n'a pas d'autre cause que la chaleur développée par la rencontre brusque de ces corps animés d'énormes vitesses avec l'air atmosphérique. Les effets produits sont proportionnels aux masses sur lesquelles l'action est exercée, et aux carrés des vitesses des mobiles en jeu. Cette importante transformation, que Newton et son école n'ont point considérée, avait été pressentie par Descartes, quand il énonçait que la chaleur n'est autre chose que « l'agitation des petites parties des corps, et que ce mouvement, étant une fois excité en elles, y doit demeurer jusqu'à ce qu'il puisse être transféré à d'autres corps. »

Dès lors on comprend que la masse chaotique, ténubreuse et glaciale, une fois mise en mouvement, ait engendré en se condensant des chocs et des frottements, qui ont eu pour conséquence une température s'élevant graduellement avec la durée et l'accroissement d'intensité de toutes ces actions mécaniques. La chaleur produite n'a pas tardé à rayonner une faible lumière, que les particules condensées se sont renvoyée les unes aux autres. C'est alors que les nébulosités impalpables ont commencé à devenir visibles. La lumière était née, lumière vague, diffuse, à peine comparable aux plus légères phosphorescences et remplissant, — pour donner à un vieux mot un sens rajeuni et conforme aux données actuelles de la science, — remplissant tout l'Empyrée. Envisageons-la seulement, pour mieux préciser, dans la nébuleuse génératrice de notre groupe planétaire, avec la faible chaleur dont elle est le rayonnement, et recherchons comment chaleur et lumière naissantes ont pu s'accroître et se condenser au point de devenir le brillant soleil dont la clarté nous éblouit et dont le pouvoir calorifique, même à la distance de 36 ou 38 millions de lieues, nous est parfois mortel. On s'en rendra compte en considérant quelle est la masse du Soleil et comparant sa densité actuelle à la densité primitive de la nébulosité dont il est issu. Cette masse, calculée par les astronomes, est représentée par le nombre 330 800, la masse de la Terre étant prise pour unité ; et là densité moyenne de la sphère terrestre étant de 5,6 par rapport à celle de l'eau, on a, pour la densité moyenne du globe solaire, l'expression 1,4. Elle atteindrait le chiffre énorme de 1 082 000, si l'on prenait pour terme de comparaison la densité de l'air dans le vide au millième de la machine pneumatique. Si maintenant nous supposons toute la masse solaire diluée également en une énorme sphère dont le rayon serait décuple de celui de l'orbite de Neptune ou, ce qui revient au même, aurait 300 fois le rayon de l'orbite terrestre, la densité de cette sphère serait 250 millions de fois plus faible que celle de l'air extrêmement raréfié contenu dans le récipient d'une machine pneumatique où l'on aurait fait le vide au millième. Or, le volume du Soleil étant devenu, pour la même masse (à $\frac{1}{700}$ près) 268 *trillions* de fois plus petit (1), on peut se représenter quelle énorme quantité de force vive a été transformée, par une suite de milliers et de milliers de siècles, en vibrations calorifiques et lumineuses au sein de ce foyer. On a calculé que cette quantité de chaleur serait égale à 15 millions de fois celle que le Soleil rayonne chaque année tout autour de lui dans l'espace.

Ce qui s'est passé pour le Soleil s'était passé auparavant, mais en proportion plus restreinte, pour Mercure, Vénus, la Terre et la Lune, Mars, Jupiter, Saturne et leurs satellites. Seulement, ces globes étant incomparablement plus petits, leur condensation avait exigé une bien moindre dépense de force vive pour les amener à l'état d'incandescence. Mais ils avaient, pendant un instant, brillé par eux-mêmes, petits soleils précurseurs du grand ; et leur période stellaire pouvait n'être pas encore entièrement terminée quand la condensation du globe central fut assez avancée pour lui permettre de lancer ses premiers feux. C'est ainsi qu'on observe un grand nombre d'étoiles dans l'espace qu'accompagnent une ou plusieurs étoiles plus petites, évoluant comme planètes autour de l'étoile principale (2). Puis, le vide une fois fait autour de ces agglomérations globulaires par l'achèvement de leur concentration, leur rayonnement a fini par les refroidir. De l'état gazeux, ils ont passé à l'état liquide. Puis la couche superficielle de ces sphères liquides s'est refroidie et solidifiée ; elles se sont *éteintes* en tant qu'étoiles ou soleils, et ont cessé de

---

(1) A la page 199, M. Faye dit 428 trillions. C'est une erreur de calcul numérique, provenant sans doute de ce que la partie décimale du logarithme de 268 commence par 428.

(2) Ex. ζ d'Hercule, γ de la Vierge, δ du Cygne. Sirius, Procyon, étoiles doubles ; ζ de l'Écrevisse, étoile triple ; θ d'Orion, étoile septuple, etc.

briller comme telles dans le ciel, pour recevoir lumière et chaleur de l'astre central, désormais en état de les leur prodiguer.

C'est ainsi que la lumière et la chaleur ont pris naissance et se sont développées, non seulement dans notre petit monde solaire, mais dans l'univers tout entier. Toutefois, si chaleur et lumière proviennent partout des mouvements imprimés et produits au sein de la matière chaotique, il s'en faut que ces mouvements aient été tous pareils à ceux que la théorie prête à notre système planétaire. On a dit, plus haut, que les astronomes constatent dans le ciel la présence de nébuleuses de toutes formes et à tous les degrés de développement, depuis la pâle nuée phosphorescente douée partout d'un faible éclat et sans condensations apparentes, jusqu'au brillant amas stellaire, univers lointain comparable à notre Voie lactée : celle-ci paraît bien être issue d'une grande nébuleuse, dont la petite nébuleuse solaire ne serait qu'une subdivision infime. Or celles des nébuleuses en travail de croissance qui répondent à peu près à la description de la nôtre, en ses âges héroïques, sont dans le ciel une exception. Il en existe sans doute, telles que celle de la Lyre, où la forme annulaire est nettement indiquée. Mais elles sont des plus rares. La variété des modes de tourbillonnement, de concentration et d'épanouissement de ces embryons de mondes est extrême : on ne trouverait probablement pas dans tout le ciel deux amas nébulaires identiques ; on en chercherait vainement deux dont l'analogie fût complète et absolue dans toutes leurs parties.

Dans les systèmes lointains, assez avancés déjà pour offrir à la vue et aux calculs de l'observateur plusieurs étoiles à mouvements coordonnés, que de divergences avec notre système à nous ! Ici l'orbite de l'étoile satellite accuse, comme dans γ de la Vierge, sa forme elliptique au point de faire songer aux orbites de quelques-unes de nos comètes : un peu plus arrondie, l'orbite du satellite de ζ d'Hercule est encore singulièrement éloignée de la forme sensiblement circulaire de nos orbites planétaires. Ailleurs l'orbite en épicycloïde du satellite visible de ζ de l'Écrevisse permet de conclure à l'existence d'un astre intermédiaire éteint dont la petite étoile serait le brillant satellite, tandis que l'astre principal, sollicité sans cesse par la masse puissante de ce groupe, oscillerait sans cesse autour de sa position normale. En d'autres systèmes, deux étoiles de

Fig. 6. — Nébuleuse globulaire du Centaure.

masses peu différentes, quelquefois trois, souvent bien davantage, évoluent simultanément autour de leur commun centre de gravité. Telles sont les étoiles triples 11 de la Licorne, 30 de Pégase ; quadruples du Taureau et de Cassiopée ; quintuples, sextuples, septuples même comme θ d'Orion. Il est des systèmes d'étoiles bien autrement compliqués encore, comme les Pléiades, où les évolutions variées de 558 étoiles moindres semblent commandées et dirigées par la prépondérance de 13 étoiles principales.

Dans les systèmes de deux ou plusieurs étoiles sans prépondérance d'aucune d'elles, le cas le plus simple, celui
où deux soleils se meuvent l'un autour de l'autre, est, dit
M. Faye, parfaitement accessible à la science. « S'il y a
trois étoiles, l'étude de leurs mouvements devient beaucoup
plus difficile. S'il y en a plus de trois, elle est inabordable
à la science actuelle. » Qu'est-ce donc alors quand il y en
a 571 ? Et que dire de ces amas stellaires à éléments inom-
brables, comme ceux du Toucan et du Centaure, et qui,
selon toute apparence, suivent un ensemble de mouvements
subordonnés les uns aux autres ? Quel géomètre intégrera
jamais les équations de cette harmonie gigantesque ?

La nébuleuse, l'amas stellaire aux centaines de milliers
d'étoiles parmi lesquelles notre petit soleil compte pour
une modeste unité, la Voie lactée, pour l'appeler par son
nom, compte autant de mouvements individuels que
d'étoiles. Que ces mouvements soient coordonnés entre
eux suivant les lois de la mécanique, c'est ce qui ne saurait être contesté. Notre soleil lui-même se meut dans ce
système ; quelle courbe suit-il ? On l'ignore : son rayon de
courbure est d'une grandeur telle que la courbure elle-même
est jusqu'ici imperceptible, et que l'arc observé ne se distingue pas de la ligne droite. Il se dirige actuellement
vers la constellation d'Hercule ; mais que fera-t-il dans
les siècles futurs ? De tels problèmes dépassent notre
portée et restent des mystères. Il faut, pour en embrasser
l'ensemble et les résoudre, une intelligence infinie, comme
il a fallu une intelligence infinie pour les concevoir et les
poser. La raison humaine demeure stupéfaite en présence
de tels témoignages de la Raison suprême. Aussi nous
sommes à l'unisson des pensées de notre auteur quand il
nous tient ce noble langage :

« Quant à nier Dieu, c'est comme si, de ces hauteurs,
on se laissait choir lourdement sur le sol. Ces astres, ces
merveilles de la nature seraient l'effet du hasard ! Notre
intelligence, de la matière qui se serait mise d'elle-même

à penser ! L'Homme redeviendrait un animal comme les autres ; comme eux il jouirait tant bien que mal de cette vie sans but, et finirait comme eux après avoir rempli ses fonctions de nutrition et de reproduction ! — Il est faux que la science ait jamais abouti d'elle-même à cette négation... Voilà ce que j'avais à dire de Dieu dont il appartient à la science d'examiner les œuvres (1). »

De telles paroles soulagent le cœur, et bien plus encore consolent la raison outragée par tant de demi-savants qui, parce qu'ils croient avoir découvert quelque particule de vérité contingente et relative, espèrent, misérables pygmées, détrôner la Vérité substantielle et immuable pour usurper la place de Dieu !

III

La belle cosmogonie de M. Faye est-elle la dernière expression de la vérité ?... Ce qui nous paraît certain, c'est qu'elle réalise un progrès marqué sur la théorie de Laplace, qu'elle transforme d'ailleurs plutôt quelle ne la détruit. Celle-ci s'approchait déjà de la réalité plus que celle de Buffon, bien supérieure elle-même aux cosmogonies de l'antiquité grecque et romaine. Peut-être de nouvelles découvertes de la science astronomique apporteront-elles à la théorie de l'origine nébulaire de l'univers et particulièrement de notre monde solaire, de nouveaux perfectionnements. Nous doutons que le principe même en soit jamais abandonné ; et, si Descartes en a eu la première idée, notre auteur partagera avec Laplace la gloire de l'avoir mise en lumière.

De ce nouveau progrès, dont la science sera redevable au savant Président du bureau des longitudes, le récit de la Genèse, la cosmogonie biblique, reçoit à nos yeux une

(1) *Op. cit*, Introduction, *in fine.*

confirmation plus complète. M. Faye n'a point cherché ce rapprochement. Rien ne l'y obligeait. Mais il a donné, au début de son livre, le récit de Moïse sur l'origine du monde et l'a commenté à son point de vue, ce qui était son droit. Il ne sera pas sans intérêt, croyons-nous, d'examiner et d'apprécier cette partie de son travail : sous un rapport différent, elle possède un mérite que le lecteur, nous en sommes convaincu, saura reconnaître.

Le point de départ de notre écrivain, dans le commentaire du récit de Moïse, est cette proposition, trop généralement méconnue bien que banale, que, si l'Écriture sainte a eu pour but de communiquer à l'homme la vérité religieuse, elle n'a jamais eu la moindre prétention à l'initier aux questions de l'ordre scientifique. Et en quelques mots il justifie son dire d'une manière péremptoire.

« Imaginerez-vous que Dieu ait autrefois révélé la vérité scientifique sur un point quelconque ? Mais personne ne l'aurait comprise. Aujourd'hui encore, nous ne la comprendrions pas : les mots mêmes manqueraient pour l'exprimer. »

Peut-être l'expression de l'auteur dépasse-t-elle un peu sa pensée, quand il dit que, « si les plus hautes vérités religieuses ont été transmises au monde par l'intermédiaire d'hommes inspirés, cette inspiration n'a jamais porté sur les questions d'ordre scientifique. » Qu'elle n'ait pas eu *pour but* l'initiation à la vérité scientifique, cela est de toute évidence. Mais qu'elle ait laissé son interprète choisi et autorisé tomber substantiellement dans l'erreur, même sur des questions étrangères à la vérité religieuse bien que nécessaires à l'intelligence et à la clarté de l'exposition, c'est ce que quelques exégètes admettent il est vrai, mais cela peut à bon droit être contesté. Il est bien vrai que « les vérités d'ordre moral ou religieux sont, au rebours des vérités de la science, immédiatement accessibles à toutes les intelligences, » et que, « pour les imprimer énergiquement dans les esprits, on est souvent conduit à leur donner une forme concrète et à parler de choses purement matérielles. » Mais est-ce bien parce qu'il ne sait « rien de plus que les autres hommes sur ces choses-là, que l'écrivain sacré « en parlera comme tout le monde ? » Sans aucun doute, la forme de son récit nous fera connaître « les idées qui régnaient dans ces temps reculés ; » mais cela se concilie également bien avec la connaissance réelle de la véritable origine du monde. Seulement, parlant au peuple et aux hommes de son temps, Moïse a dû mettre son langage à la portée des esprits auxquels il s'adressait, et revêtir la vérité scientifique de la forme et des métaphores sans lesquelles il n'eût pas pu se faire comprendre.

M. Faye publie ensuite, en suivant à peu près la Vulgate, le premier chapitre de la Genèse et les trois premiers versets du second, donnant ainsi la cosmogonie complète de Moïse. Peut-être que, s'il avait pris pour guide une des nombreuses traductions soit latines, soit françaises, faites directement sur l'hébreu, son opinion sur les connaissances de l'écrivain sacré se fût un peu modifiée : car, on le voit par le commentaire dont il fait suivre sa citation, plusieurs opinions scientifiques qu'il attribue au premier chef des Israélites sont seulement celles de saint Jérôme et des contemporains de ce Père. Suivons pas à pas son ingénieux commentaire.

En premier lieu il justifie, au seul point de vue des habitudes d'esprit des peuples de l'antiquité, la création de la lumière avant celle du Soleil. A ces époques reculées, nul ne se doutait du rôle que remplit l'atmosphère dans l'éclairement du globe terrestre. On voyait chaque matin la lumière du jour précéder l'apparition du Soleil et, chaque soir, survivre un certain temps à la disparition de cet astre. Les jours pluvieux, les jours où le ciel est couvert, aucun soleil ne se montrait, et pourtant la clarté du jour ne surgissait et ne disparaissait pas moins aux heures ordinaires. Le commentateur en conclut que les

anciens considéraient la lumière du jour comme un phénomène indépendant de la présence du Soleil, lequel ne faisait que lui prêter un éclat de plus, sans en être d'ailleurs
la cause efficiente et adéquate. En fait, les allégories
mythologiques des Grecs et des Latins, comme les cosmogonies de leurs auteurs, semblent se rapporter assez bien
à cette vue, qui aurait été ainsi celle de toute l'antiquité.
Ce serait pour cela que Moïse qui, suivant M. Faye, n'aurait pas eu de connaissances scientifiques supérieures à
celles de son temps, aurait placé la création de la lumière
dès le premier instant de la création et le Soleil seulement
au quatrième jour. « Il n'eût pas d'ailleurs été rationnel,
dit-il, de faire apparaître le Soleil avant la voûte du ciel
destinée à le recevoir. » — Peut-être ; mais nous croyons
que d'autres motifs ont guidé l'auteur inspiré.

Pour expliquer la séparation des eaux par le firmament,
l'auteur émet cette proposition dont certaines parties ne
laissent pas que de surprendre un peu : « Au commence-
ment, les deux éléments, l'eau et la terre étaient confon-
dus ; partout l'eau dominait. L'ouvrier divin, penché sur
cet abîme, en divisa les eaux en deux parties, et, pour
soutenir les eaux supérieures et les séparer des inférieu-
res, il créa la voûte solide (?) du ciel, le firmament. »
Après quoi, notre commentateur explique que, la circulation aéro-tellurique de l'eau par l'évaporation et la condensation étant absolument inconnue des anciens, il fallait bien, pour expliquer la chute de la pluie, de la
neige, etc., admettre que « il devait se trouver là-haut
d'inépuisables réservoirs, des trésors de pluie, de neige et
de grêle, et *une voûte céleste assez résistante pour les sup-
porter.* »

Évidemment, le savant auteur a fondé cette interprétation sur la signification étymologique du mot *firmamentum.*
Mais ce mot, employé par la Vulgate, l'équivalent au sur-
plus du Στείωμα des Septante, ne rend pas du tout le
sens littéral du mot hébreu *Rakiah* qu'il est censé traduire.

Walton, dans sa version latine interlinéaire du texte
hébreu, rend ce mot par *expansio*. Pozzy, qui a aussi traduit le premier chapitre de la Genèse directement sur
l'hébreu, l'exprime par l'équivalent français de *expansio*,
par *étendue*, et commente ce terme par le participe neutre
expansum, qui signifie *ce qui est étendu*, autrement dit
l'espace. Cette seule remarque, ce nous semble, atténue
assez sensiblement la valeur de l'explication qu'on vient
de lire (1). Aussi l'observation finale de notre auteur est-
elle bien superflue. « Ce qu'il faudrait à la rigueur reléguer dans la Genèse, » dit-il par allusion à la croyance à
une voûte céleste solide, qui a régné jusqu'à une époque
relativement proche de nous, « ce serait ce mot de *firmament*, car il fait double emploi avec celui de ciel et impli-
que une idée absolument fausse. » On vient de voir qu'il
n'y a pas lieu de « reléguer dans la Genèse » un mot qui

(1) Relevons ici une singulière remarque de M. Faye sur l'emploi du mot
ciel. « Bien des milliers d'années après ces premiers temps, la science prit
naissance..... Au lieu d'un ciel unique, il y eut sept cieux transparents,
concentriques..... Chose remarquable, ces nouveautés pénétrèrent dans les
esprits sans que personne fît remarquer leur contradiction avec la Genèse.
On admit même, dans les synagogues et dans les églises, le mot *cieux*, qui
répond aux sphères concentriques de l'astronomie grecque, au lieu du mot
ciel, seul admissible d'après la Bible. » M. Faye ignore-t-il donc que le mot
ciel, loin d'être « le seul admissible d'après la Bible, » n'est pas *admis* une
seule fois au singulier dans toute la Bible hébraïque ? Il y revient pourtant
plusieurs centaines de fois, mais toujours sous la même forme, *shamaïm*,
qui ressemble à un duel, mais que Gesenius, Olshausen et tous les hébraï-
sants regardent comme un pluriel. Les Grecs, faisant absolument le contraire de ce que M. Faye leur attribue, ont souvent, mais non toujours,
remplacé ce pluriel par un singulier. La Vulgate latine a fait de même,
mais en conservant plus souvent le pluriel. Ainsi, dans la page même qu'il
cite, et où *shamaïm* revient quatre fois, il se trouve, la quatrième
fois, traduit par le pluriel dans le latin de la Vulgate : *Igitur perfecti
sunt* CŒLI *et terra*, tandis que, dans la version *grecque* des Septante,
il est en cet endroit traduit par le singulier οὐρανός ; mais la même
version emploie couramment le pluriel οὐρανοί dans d'autres passages,
par exemple, dans les psaumes 18, 32, 67, 68, 8ℵ, 95, 96 et 101. Que reste-
t-il donc de l'influence de l'astronomie grecque sur le langage des synagogues et des églises ?

n'y existe point. D'ailleurs les significations des mots se modifient avec le cours des temps et des idées. Combien d'autres expressions, dans notre langue, qui n'ont presque plus aucun rapport aujourd'hui avec leur sens étymologique!

· L'explication que donne M. Faye de la création du Soleil au quatrième jour repose toujours sur la même confusion : « Il fallait que la création du *firmament* précédât celle du Soleil. D'ailleurs le Soleil ne devait pas paraître nécessaire pour amener les pluies et faire vivre les végétaux créés avant lui, le troisième jour, car les eaux supérieures, » c'est-à-dire emmagasinées au-dessus de la voûte solide (toujours le *firmamentum)*, « avaient précisément cette fonction ; » donc il ne devait apparaître qu'à la suite ! Nous avons le regret de nous séparer encore de M. Faye sur ce point, ainsi que sur son refus d'accepter l'explication tirée de la théorie de Laplace, sous prétexte que cette théorie n'est plus admissible. Elle n'est plus admissible, c'est vrai, dans la forme et la direction que lui avait données l'auteur de l'*Exposition du système du monde :* mais précisément la théorie nouvelle s'accorde bien mieux encore que celle de Laplace avec le texte de la Genèse. Premièrement, le Soleil ne s'est formé que longtemps après la Terre, voilà ce que M. Faye établit dans sa cosmogonie. Quoi de plus naturel, en second lieu, que de concevoir son arrivée au degré de condensation qui en faisait un soleil éclairant et échauffant, comme ayant eu lieu au moment où la Terre, déjà solidifiée et pourvue d'une atmosphère et de la circulation aéro-tellurique des eaux, avait vu sa surface se couvrir des premières efflorescences de la végétation. Mieux encore que la cosmogonie de Laplace, celle de M. Faye se prête à cette interprétation que nous croyons la vraie.

Où le savant écrivain est entièrement dans la vérité c'est quand, résumant le récit de l'Hexaméron, il y relève dans l'ordre moral deux vérités absolues et une prescription fondamentale, à savoir :

1° Dieu a créé tous les êtres que nous voyons autour et au-dessus de nous : seul il est Dieu.

2° Il a créé l'homme à son image.

3° Il a prescrit aux hommes de ne pas vivre uniquement courbés de corps et d'esprit sur la terre, mais « de concilier les exigences de la vie intellectuelle et religieuse avec celles de la vie animale » par l'observation d'un jour de repos sur sept.

Mais, quand notre auteur paraît croire que, en dehors de ces vérités essentielles, tout n'est plus qu'allégorie pure, arrangement artificiel des époques et de l'ordre d'apparition des diverses catégories de créatures, nous nous demandons s'il ne va pas un peu trop loin. « Si la Genèse, au lieu de faire apparaître toute la faune terrestre d'un seul coup, place les poissons et les oiseaux au cinquième jour, et les quadrupèdes avec l'homme au sixième, » ce n'est peut-être pas *uniquement* à cause du plan préconçu pour l'institution de la semaine. Il serait, croyons-nous, plus exact de dire que, Dieu ayant fait apparaître successivement les diverses créatures avant l'homme et ayant créé celui-ci le dernier, Moïse a divisé, en conservant le même ordre, cette succession de faits en six parties, d'après le commandement divin, et pour arriver en effet à l'institution de la semaine et du repos du septième jour. Peu importe d'ailleurs que « les premiers animaux inférieurs soient contemporains des premières traces de la vie végétale », ou bien qu' « une flore très caractérisée n'ait pas précédé l'apparition des premiers vertébrés ». Précisément parce que l'auteur inspiré ne s'inquiétait pas d'inculquer des notions scientifiques au peuple juif, il s'est tenu dans la généralité, sans se préoccuper des exceptions de détail.

L'exégèse de M. Faye n'est pas sans analogie avec celle de Mgr Clifford, évêque de Clifton, qui fit tant de bruit il y a peu d'années (1), et d'après laquelle le récit de la Genèse

(1) Cf. les *Annales de philosophie chrétienne* de novembre 1881 : *Une interprétation nouvelle du premier chapitre de la Genèse*, trad. de l'anglais.

ne serait au fond qu'une allégorie, un poème, et ne corres-
pondrait pas nécessairement à la réalité des faits matériels.
Mais cette interprétation, qui d'ailleurs au point de vue
théologique ne sort pas du domaine des opinions libres, a
été généralement peu goûtée. L'opinion la plus accréditée
et jusqu'ici la plus plausible est que l'inspiration divine,
sans avoir pour but d'apprendre aux hommes les notions
générales de l'histoire naturelle, ne s'est pas tellement
désintéressée de cet ordre de choses qu'elle ait pu laisser
son interprète émettre des propositions substantiellement
fausses : elle avait donc tracé à grands traits, aux yeux ou
à l'esprit de l'écrivain, l'esquisse sommaire de la cosmogonie
véritable, tout en lui faisant employer les formes de langage, les allégories de détail et les figures imagées nécessaires pour être accessibles à l'intelligence, peu développée
et toute matérielle, du peuple enfant auquel il s'adressait.

Dans ce système, les développements de l'exégèse
marchant de pair avec les découvertes des sciences naturelles, il est dans l'ordre logique des choses que, à chaque
cosmogonie nouvelle, en progrès sur celles qui l'ont précédée,
les rapports du récit biblique avec la théorie scientifique
deviennent plus étroits et plus apparents ; et nous croyons
qu'un jour viendra où, les obscurités s'étant dissipées une
à une, la parfaite conformité entre la substance du récit
inspiré et le dernier mot de la science se montrera avec un
indéniable éclat.

Ne terminons pas cette analyse sans attirer l'attention
sur la manière élevée et impartiale dont M. Faye envisage,
à ce propos, la célèbre affaire du procès de Galilée. En
quelques mots seulement, aussi précis que brefs, il montre
qu'il s'agissait bien moins d'une question religieuse que
d'une question d'école ; que ce furent les partisans obstinés
de la philosophie d'Aristote plutôt que les gardiens fidèles

— Voir aussi la réplique du vénérable prélat aux critiques dont son interprétation avait été l'objet, dans le même recueil, livraison d'avril 1882.

de la Doctrine qui provoquèrent la regrettable décision du saint-office. « Le tort des théologiens de la congrégation de l'index, peu compétents en fait d'astronomie, ajoute-t-il judicieusement, fut d'avoir épousé la querelle des sectateurs d'Aristote et de Ptolémée. Ils auraient dû leur répondre : La religion vient de Dieu, la science vraie ou fausse vient des hommes ; allez vider votre querelle dans vos livres et dans vos écoles. » Sages paroles, entièrement conformes à ce qui, de tout temps, a été le véritable esprit de l'Église.

IV

Nous n'avons, jusqu'ici, analysé, développé ou apprécié qu'une faible partie des matières abordées dans le livre qui a été l'occasion de ce travail. Il nous reste à en indiquer sommairement la division et le plan ; après quoi nous nous arrêterons un peu plus longuement sur le chapitre qui sert de conclusion à l'ensemble et dans lequel l'auteur traite, en homme de science et de raison, la question de la pluralité des mondes.

Après avoir donné et commenté le premier chapitre de la Genèse de la manière que nous avons indiquée, l'écrivain expose les idées cosmogoniques de l'antiquité grecque et latine, en donnant de larges extraits du *Timée* de Platon, du *Ciel* d'Aristote, du *Songe de Scipion* de Cicéron, du *De natura rerum* de Lucrèce, et enfin les passages de Virgile et d'Ovide relatifs au problème de l'origine des choses. En analysant Lucrèce, il montre que la cosmogonie de ce poëte est un pas rétrograde par rapport à la science de son temps, et d'une rétrogradation qui l'aurait fait reculer jusqu'aux jours, bien antérieurs à l'époque de la Genèse, « où l'on croyait qu'un soleil nouveau se formait chaque matin pour parcourir le ciel pendant le jour, et aller se dissoudre et s'éteindre le soir, à l'horizon. »

Les idées cosmogoniques des modernes avaient leur place tout indiquée à la suite de celle des anciens. Un magnifique hommage est rendu par M. Faye au génie de Descartes à qui il n'a peut-être manqué que la possession des lois de la gravitation universelle, inconnues de son temps, pour découvrir la vraie théorie de la constitution de l'univers. Tourné vers une direction différente, le génie de Newton a ouvert à la science des voies toutes nouvelles et d'immenses horizons ; mais, pour avoir repoussé d'une manière trop absolue l'idée des tourbillons de Descartes, il n'a pu expliquer la constitution giratoire du système solaire, et s'est vu forcé de déclarer qu'elle ne dépend pas de causes mécaniques. En parlant de la critique des théories de Newton par Laplace et des observations de M. Barthélemy Saint-Hilaire auxquelles elle a donné lieu, notre auteur justifie Laplace du reproche d'athéisme qui lui est généralement adressé à propos d'une anecdote inexactement racontée. Il serait faux que, à Napoléon s'étonnant que Laplace n'eût point parlé de Dieu dans ses écrits, ce savant eût répondu : « Sire, je n'ai pas eu besoin de cette hypothèse. » Dans ces termes, ajoute M. Faye, Laplace aurait traité Dieu d'hypothèse. S'il en avait été ainsi, le premier consul lui eût tourné le dos, mais Laplace n'a jamais dit cela. » L'*hypothèse* dont il disait n'avoir pas besoin, ce n'était pas l'existence de Dieu, mais son intervention spéciale « pour raccommoder de temps en temps la machine du monde », d'après les idées de Newton, qui croyait que les perturbations séculaires des astres finiraient, s'il n'y était porté remède de temps en temps par une intervention divine, par détruire le système solaire. C'est ce raccommodage périodique qui serait l'hypothèse dont Laplace disait n'avoir pas besoin. A l'appui de cette justification, l'auteur cite un fait important : « Je tiens, dit-il, de M. Arago, que Laplace, averti peu avant sa mort que cette anecdote allait être publiée dans un recueil biographique, l'avait prié d'en demander la suppression. Il fallait, en effet, *l'expliquer* ou la supprimer : ce second parti était le plus simple. Malheureusement, elle n'a été ni supprimée, ni expliquée. »

Un long chapitre est consacré aux idées cosmogoniques de Kant, et forme une introduction naturelle à l'exposé de la cosmogonie que Laplace a tirée de ces idées en les reprenant et les développant. Nous n'avons pas à revenir ici sur ces systèmes bien connus, et nous avons développé en commençant la belle théorie que M. Faye leur substitue. Nous n'avons rien dit d'une conférence faite à la Sorbonne 24 février 1883) sur la constitution physique du Soleil, qui mériterait à elle seule un compte rendu spécial, et où le savant auteur a fait, à l'occasion des protubérances et des taches, une application aussi curieuse que brillante du principe des tourbillons.

Dans sa *conclusion*, M. Faye aborde, comme cer tains auteurs, la question de la pluralité des mondes. Il le fait, non point en rêveur, en poète à imagination agile et primesautière, mais en vrai savant. Depuis que l'on sait que les étoiles sont autant de soleils, autour desquels peuvent graviter et gravitent probablement des planètes analogues à celles de notre système, on s'est demandé si ces planètes ne seraient pas, elles aussi, peuplées d'êtres intelligents et raisonnables. Vaste champ ouvert à l'imagination, mais non pas à la science. Sur le point de fait, dit avec tout le poids de sa parole le savant astronome, la science est et restera muette. Le seul côté de la question qu'elle ait le droit d'examiner, c'est celui des conditions de la vie dans l'univers, avec la possibilité de conjecturer le plus ou moins de chances de réalisation qu'elles paraissent offrir dans les astres accessibles, en une certaine mesure, à nos investigations. Ces conditions peuvent se réunir en cinq ordres. Il y a les conditions *astronomiques* relatives à la distance de la planète à son soleil, à son degré d'inclinaison sur le plan de l'orbite, à la vitesse de sa rotation, à la stabilité du système auquel elle appartient. Il y a aussi les conditions *mécaniques :* non seulement il faut que la rotation ne soit pas assez rapide pour annuler à l'équateur la pesanteur par l'exagération de la force centrifuge ; il faut encore, et pour une raison analogue, que la planète ait une masse suffisante. Dans les conditions *géologiques* et *physiques*, signalons la nécessité que la densité moyenne de la planète soit au moins égale à celle de l'eau, sans quoi les mers n'auraient plus de stabilité (comme dans Saturne); la consistance suffisante de l'écorce superficielle ; enfin un mélange à la surface des différentes matières nécessaires à la vie, mélange qui, par suite de la loi du classement homogène des matériaux par ordre de densités, ne peut exister que grâce à des phénomènes géologiques semblables à ceux qui se sont accomplis sur la Terre, et qui n'ont pas eu lieu, par exemple, sur la Lune. Les conditions *chimiques* sont plus délicates encore. Il faut une proportionnalité des éléments, hydrogène, oxygène, azote, acide carbonique, eau, etc., en dehors de laquelle aucune vie n'est possible, et qui est loin de se réaliser dans tous les astres où l'œil, armé du spectroscope, a pu les étudier.

Ces diverses conditions sont bien complexes, bien minutieuses. Il est évident à première vue qu'il est un nombre immense d'astres dans lesquels elles ne peuvent se rencontrer : tous les astres brillants par eux-mêmes, tous les soleils sont dans ce cas. Dans notre monde solaire, la planète Mars serait peut-être la seule où l'on aurait quelque chance de rencontrer ces conditions. Toutefois il ne faut pas être trop absolu. Tel astre où elles ne se rencontrent pas aujourd'hui a pu les posséder dans un passé plus ou moins lointain, ou pourra les réunir dans l'avenir. Ensuite, parmi les soleils innombrables qui peuplent les plaines sidérales, il se peut qu'il en soit quelques-uns ayant une ou deux planètes dans des conditions analogues à celles de notre terre. Le nombre d'ailleurs doit en être relativement faible ; car, à en juger par les multiples nébuleuses en gestation de mondes que l'on a pu observer, le mode de formation qui correspond à celui de notre monde solaire, et qui permet aux planètes de circuler autour de leur soleil sur une orbite peu excentrique, est le plus rare et semble plutôt, comme on l'a dit plus haut, constituer une exception.

Pour résumer cet aperçu rapide, nous ne pouvons que répéter, après M. Faye, ces sages paroles :

« Il serait puéril de prétendre qu'il ne peut y avoir qu'un globe habité dans l'univers : mais il serait tout aussi insoutenable de prétendre que tous ces mondes sont habités ou doivent l'être. »

Objectera-t-on l'impression qui se produit dans l'esprit sous la forme de cette question : à quoi servent tant de mondes, tant d'univers, si le plus grand nombre sont inhabités ? La réponse qui se présente d'elle-même est que la nature a bien d'autres secrets qu'elle ne nous révèle point, et que, si elle s'en laisse de loin en loin arracher quelques-uns grâce à l'infatigable ardeur des soldats de la science, il en est un plus grand nombre sans doute qu'elle ne consentira jamais à nous dévoiler ici-bas.

N° 32. — BRUXELLES, A. VROMANT, IMP.-ÉDIT., RUE DE LA CHAPELLE, 3.

www.ingramcontent.com/pod-product-compliance
Lightning Source LLC
Chambersburg PA
CBHW071254210626
46818CB00013B/1447